DISCARD

# A nuestro amigo Richard

Título original: Blue Penguin

© Petr Horáček, 2015
Publicado por acuerdo con Walker Books Ltd,
87 Vauxhall Walk, Londres, SE11 5HJ, Reino Unido
Todos los derechos reservados

© de la traducción española:
EDITORIAL JUVENTUD, S.A, 2017
Provença, 101 - 08029 Barcelona
info@editorialjuventud.es
www.editorialjuventud.es

Traducción: Raquel Solà

Primera edición, 2017

ISBN 978-84-261-4235-1

DL B 6.785-2017
Núm. de edición de E. J.: 13.451

*Printed in China*

# PINGÜINO AZUL

Petr Horáček

Editorial **EJ** Juventud

Provença, 101 – 08029 Barcelona

Allá lejos en el Sur
nació un pingüino azul.

Un pingüino azul
no es algo que se vea todos los días.

–¿Eres un pingüino de verdad?
–preguntaron los demás pingüinos.
–Yo me siento como un pingüino –dijo Pingüino Azul.

Pingüino Azul
hacía las mismas
cosas que hacían
los demás
pingüinos.

No era el mejor
ni en bucear
ni en zambullirse,

pero siempre pescaba un pez grande.
-Ya os dije que yo era un pingüino
-decía Pingüino Azul.

-Pero tú no eres como nosotros
-insistían los demás pingüinos,
y se alejaban de él.

Pingüino Azul se quedó solo.
Sus días estaban llenos de soledad.

Sus noches estaban llenas de sueños.
Había un sueño que se repetía noche
tras noche: en su sueño, una bonita
ballena blanca venía a rescatar a
Pingüino Azul y se lo llevaba lejos
de aquel solitario lugar.

Entonces Pingüino Azul compuso una canción
sobre la ballena blanca. Cada mañana
la cantaba frente al océano. Un día, una pequeña
pingüino lo escuchó cantar.

Cada día

se acercaba
un poco más

para escucharlo.

Finalmente, un día le dijo a Pingüino Azul:
—Enséñame tu canción.

Cada día, Pingüino *Azul* le enseñaba
a Pequeña Pingüino un fragmento más
de la canción, y cantaban y jugaban juntos.
Se hicieron amigos.

Una tarde, Pingüino Azul
le dijo a Pequeña Pingüino:
-Es hora de que cantemos
una nueva canción.
Yo te la enseñaré.

La nueva canción de Pingüino Azul era tan mágica
que los demás pingüinos se fueron acercando a escuchar.
Cuando terminó, los demás pingüinos le dijeron:
—Es preciosa. ¿Nos enseñas a cantar a nosotros también?

-Sí -contestó Pingüino Azul-.
Acercaos y os enseñaré.
Pero antes de que empezasen a cantar,
llegó una enorme ballena blanca.
-¿Quién me ha llamado? -preguntó la ballena blanca-.
He oído mi canción y he venido.

Pingüino *Azul* respondió:

-He sido yo, ballena blanca. Soñaba contigo
y deseaba que vinieras a buscarme y
me llevases lejos de tanta soledad.

Pequeña Pingüino se puso triste.

-No nos dejes -pidió ella-.

Tú eres mi amigo.

—Por favor, no te vayas —pidieron los demás pingüinos—. Sentimos haberte dejado solo. También eres nuestro amigo. Eres un pingüino como nosotros.

Entonces, Pingüino Azul miró a la ballena blanca y le dijo:
-Gracias por haber venido a buscarme, pero la canción
que escuchaste era una canción muy antigua. Ahora
he hecho una nueva canción. Pertenezco a este lugar.

La ballena blanca sonrió, pero no dijo nada.
Se dio la vuelta y desapareció en el horizonte.

Pingüino *Azul* se volvió hacia sus amigos.
—Y ahora cantemos nuestra nueva canción —dijo—,
nuestra canción de la amistad.